저는 1933년 8월 24일에 태어났습니다.

파란 지붕 할망

오
행
순

편집자 안내

오행순 작가님의 허락을 구해, 책의 시작을 편집자가 채우게 된 점 양해 부탁드립니다. 이 책이 어디에서 어떻게 시작됐는지 조금 더 상세히 알려드리고 싶은 마음에 약간의 설명을 더해 봅니다.

이 책은 1933년 제주에서 태어난 오행순 작가님의 기록집입니다. 오행순 작가님은 종종 '파란 지붕 할망'이라는 애칭으로 불리시기도 하는데요, 귀엽고 다정한 애칭과 달리 실제 삶은 곡절이 많았습니다. 일제강점기에 이어 제주4·3사건, 6·25전쟁 등 시대의 아픔을 온몸으로 겪어야 했기 때문입니다. 지금의 우리는 상상하기도 어려운 시절을 작가님은 묵묵히 지나오셨습니다.

"여자는 글을 배울 필요 없다"라고 말하던 과거 한국의 차별적 시선 때문에, 작가님께서는 다소 늦게 글쓰기를 익혔습니다. 스스로의 삶을 글로 쓰기 시작한 순간부터 작가님의 세계는, 지나간 시간이 무색하도록 넓어져 지금 독자님과 이렇게 한 권의 책으로 마주하게 됐습니다. 이 책에는 작가님의 글뿐만 아니라, 그림, 손글씨, 타인과 나눴던 편지까지 모두 담겨있습니다.

독립출판사 발코니는 작가님 댁 근처 레터하우스 '이립'을 통해 작가님의 육필 원고 초안을 볼 수 있었습니다. 오행순 작가님께서는 어느 여름날 이립에 방문해 "내 글과 그림을 책으로 만들어줄 사람을 찾고 있다"라는 말씀을 남기셨다고 합니다. 이에 레터하우스 이립 대표이신 김버금 작가님께서 발코니에 연락을 했고, 저희는 함께 머리를 맞대며 책을 만들었습니다.

이 책은 크게 오행순 작가님의 글, 그림, 편지 등 세 챕터로 나뉘어 있습니다. 작가님의 글은 육필 원고를 모두 디지털 활자로 옮긴 후, 시간 및 내용 흐름에 맞게 재배치했습니다. 이 과정에서 높임말과 평어가 섞인 원고를 높임말 중심으로 최종 편집했습니다.

그림은 오행순 작가님께서 평소에 즐겨 그렸던 작품 중 독자님과 함께 보면 좋을 것들로 골랐습니다. 식물과 동물 그림, 그림 안에 짤막하게 담긴 작가님 손글씨가 독자님 마음에 가닿길 바라 봅니다.

마지막으로 편지 챕터 속 글 여러 편은 레터하우스 이립과의 협업으로 완성했습니다. 오행순 작가님과 이립, 그리고 발코니는 한 달여 기간 동안 '오행순 고민 엽서' 프로젝트를 진행했습니다. 작가님의 그림을 엽서로 만들고, 이립 방문 손님들께서 엽서에 자기만의 고민을 남기고 떠나면, 작가님께서 답장을 남겨주시는 프로젝트입니다.

때로는 대나무숲에 외치듯 내가 아는 사람이 아닌, 전혀 모르는 이에게 고민을 훌훌

털어놓고 싶을 때가 있습니다. 그 마음에 오행순 작가님의 따뜻한 조언이 더해진 결과물이 편지 챕터에 담겨 있습니다. 이와 함께 작가님께서 사랑하는 가족들을 향해 보냈던 편지도 짧게 실었습니다.

이 책은 오행순 작가님의 기록 덕분에 탄생했습니다. 이에 독립출판사 발코니는, 기록의 주인인 오행순 작가님께서 가장 편하게 읽을 수 있는 판형과 서체로 책을 만들어야 한다고 판단했습니다.

널찍한 판형에 시원하고 커다란 서체를 적용해 '큰 글자 책'을 완성했습니다. 평소에 작은 글자 읽기가 어려웠던 독자님도 부디 편안하게 볼 수 있길 바랍니다.

그럼 지금부터 시작하겠습니다.

목차

추천사

: 이해할 수 없는 질문을 이해하기까지

작가의 말

: 내가 걸어온 길, 그리고 걸어갈 길

오행순의
글

제 이름은 오행순입니다

저는 1933년 8월 24일에 태어났습니다. 제주도 북제주군 한경면 청수리에서 2남 1녀 중 여자로 태어나게 되어 농사에 종사하시는 아버님, 조용한 미소로 단란한 가정을 위해 가사를 돌보시는 어머님과 함께 지냈습니다.

저의 부모님께서는 말씀하셨습니다. 사람은 인생에서 분수와 절약을 알아야 한다고요. '검소·근면·인내·성실·노력'이라는 가훈을 세우시고 평상시 솔선하여 몸소 실천하시는 무언의 가르침을 받고 자라서 저도 항상 노력하는 자세를 잃지 않고 있었습니다.

그리고 그러한 둥지를 떠나서 결혼을 하게 되었습니다. 부모님 말씀에 못 이겨 결혼하고는, 아무것도 모르고 산다는 것이 어려움이 한둘이 아니었습니다. 친정집하고는 사뭇 달랐어요. 친정에서는 조용히 살았는데 시집 식구는 사람도 많고 모든 것이 이상했습니다. 그래도 매사 참고 또 참고 참는 습관을 해놓아야 한다고 생각했습니다. 그래야 더 큰 병, 더 큰 시련, 더 큰 일을 당할지라도 강하게 살아갈 것이기 때문입니다.

지나간 일이나 실패한 일로 자기를 괴롭히지 않아야 합니다. 사람은 실패한 일로 스스로를 자꾸 괴롭힙니다. 그것은 다음 일도 실패로 이끄는 원인이 된다고 생각했습니다. 한 가지의 실패는 그것으로 끝내는 것이 중요하니까요. 그런 생각들을 하면서 내 마음을 강하게 하려고 마음을 먹었지요.

저는 못 사는 시대에 태어나서 일본놈들 때문에 공부도 못 하고, 부모님은 물론 아이들 고생이 말이 아니었습니다. 그래서 저는 공부는커녕 일밖에 배운 것이 없었어요. 그러니까 그 시대 시골 사람들은 여자아이에게 공부를 애당초 가르칠 생각도 하지 않았고, 여자들은 공부를 안 하는 게 당연한 줄로 알고 살았습니다.

무엇보다 그 시절에는 공부라는 것을 쉽게 생각할 수 없었습니다. 일본 글밖에 배우지 못했거든요. 학교에 가서 선생님께 한국말로 인사하면 심하게 맞기도 했지요. 한글을 배울 기회도 없었고 일본놈들 때문에 얼마나 많은 고생을 했는지 몰라요.

또한, 가난한 살림은 여간해서 펴지질 않았습니다. 그 시대에는 고무신을 파는 곳도 없었고 초신[1]을 신고 다니면 발치기[2]에 상처가 나고 아파서 차라리 맨발로 다니는 게 나을 때가 많았습니다.

---

1. 짚신의 제주 방언
2. 발뒤꿈치의 제주 방언

저는 1933 년 8월 24일에
태어났습니다 제주도 북제주 한겨면
청수에서 2남1녀중 여자로
태어나게되어 농사에 종사하시는
아버님과 조용한 미소로 단란한
가정을 의해 가사를 돌보시는
어머님과 함께 지내시며 저의
부모님께서는 사람음 인생에서
분수와 절약을 알아야 한다고
검소 근면 인내 성실 노력 이라는
가훈을 세우시고 평상시 솔선하여
몸소 실천 하시는 무언의 가르침을

그레야 더 큰병 더 큰시련 더 큰일을

당할 지라도 강하게 살아갈 것이다

하고 지나간 일이나 실패한 일로

자기를 괴롭히지 않아야 한다 사람

은 실패한 일로 스스로를 자꾸 괴롭힌다고

그것은 다음 일도 실패로 이끄는 원인

이 된다 한가지의 실패는 그것으로

끝내는 것이 중요하다고 생각을 했다

그렇게 생각을 하면서 내마음을

강하게 할야고 마음을 먹었지요

일본 글밖에 베우지못 했습니다
학교가면는 선생님에게 한국
말로 인사를하면 심하게 때리기도
했습니다 그러니까 한글은 베울 기회도
없었고 일본놈들 때문에 얼마나
많은 고생을 했는지 몰라요 그리고
가난한 살림은 여간해서 펴지질
않았다 그시대는 고모신도 팔고사는
대가 없었고 초신을 신고 다니면
발치기가 상처 낳고 아파서 신을
신지않고 맨발로 다닐때가
많았다

모든 것이 무서운 시대

농사는 지었지만, 비료는 없었습니다. 비료라는 것이 무엇인지도 몰랐어요. 밭에 보리를 갈면 면적은 넓지만 생산은 아주 적었어요. 비료 없이 키우니까 식량은 늘 부족했어요. 일본놈들은 보리며 고구마며 모든 농산물을 공출하게 했습니다. 공출을 안 하는 것이 없었지요. 농산물에다 소, 놋그릇까지 죄다 공출시켰습니다.

뿐만 아니라 사람들을 여간 힘들게 한 게

아닙니다. 남자들은 20대부터 30대까지 강제로 징용을 나가라고 했습니다. 일본 저 먼 시골, 북해도(홋카이도)까지 보냈습니다. 굶주림에 시달리며 힘들게 일만 하다가 죽어서 돌아오지 못한 사람도 많았지요. 40대부터 60대까지의 남자들은 모슬포항 알뜨르[3]에 훈련장을 만들게 시켰어요. 공직자나 학교 선생님을 제외한 모든 남자들을, 한 사람도 빠짐없이 불러다가 일을 시켰습니다. 나무를 베어내고 돌을 골라내고 흙덩이를 부수고 큰 돌은 끌과 망치로 구멍을 내어 화포약을 담고 폭팔시키며 기

---

3. 제주특별자치도 서귀포시 송악산 근처 알뜨르 비행장을 뜻한다. 제주도민들의 농지 겸 목초지였지만, 일본군이 모슬포항 인근 주민들을 무단 동원하여 군용비행장을 건설했다. '알뜨르'는 '아래 벌판'을 의미하는 제주말이다.

계도 없이 사람 손으로만 그 광활한 훈련장을 다 만들게 했습니다. 훈련장 만드는 일은 굉장히 힘겨웠습니다. 하루 종일 화포 소리가 훈련장에 울렸습니다.

남자들을 훈련장 만드는 데 죄다 불러낸 탓에, 집에는 어머니하고 아이들만 남았습니다. 남자가 있어야 밭도 갈고 할 것인데 농사를 제대로 짓지 못했지요. 그렇게 힘들게 살다가 드디어 1945년 8월 15일 정오, 일본 천황이 항복하며 우리 조국은 해방되었습니다.

온 나라 사람들이 만세! 만세! 외치며 기쁨의 눈물을 흘렸습니다. 그런데 기쁨도 잠시, 이상한 일이 벌어지고 말았습니다. 공산당을 주장하는 사람들이 쳐들어오고, 그들은 각 마을 이장님 댁, 학교 선생님들한테 찾아가서 자기네 말을 잘 들으면 잘 살 수 있다고 하면서 설득했습니다. 하지만 그들은 이내 산에 올라가 숨어 살면서 억울하게 죽고 말았습니다. 그 사람들은 마을에서 훌륭한 일류 청년들이었어요. 제주도 사람들은 대부분 산폭도[4]가 되었어요. 산에 숨어서 동굴 속에 살면서 먹을 것이 없으니까 사람들 사는 데 와서 쌀이나 먹을 것을 달라고 했습니다. 배가 고프다고 하니까 어쩔 수 없었지요. 그래서 쌀이나 먹을 것을 주었던 사람들은 고마운 사람이라고 명단에 올렸습니다. 그 명단에 오른 사람들은 경

---

4. 제주4·3사건 당시 폭도와 빨갱이 등으로 몰려 산으로 도망간 사람들이 있었다. 정치적 반대 집단을 제거해야 한다고 여기던 이승만 정부는 산으로 도망간 제주도민을 '산폭도'로 규정하고 학살을 지시했다.

찰에 잡혀가서 다 죽고 말았습니다.

그 시대에는 그쪽도 무섭고 저쪽도 무서웠습니다. 산에 숨어 있다가 먹을 것을 달라고 할 때 안 주면 그 집 식구들을 다 죽여버리곤 했습니다. 반대로 또 나라에서는 산폭도한테 먹을 걸 주었다고 해서 경찰을 통해 우리를 죽였어요.

그러다 보니 사람들은 많이 죽었습니다. 산간에 사는 사람들을 해변으로 소개(疏開)[5]

---

5. 사전적 정의로는, 공습에 대비해 주민이나 시설물을 분산하는 행위를 뜻한다. 하지만 여기서 말하는 '소개'란 제주 4·3사건 당시 '중산간 지역 초토화 작전(소개령)'을 지칭한다. 이승만 정부는 제주도에 계엄령을 선포한 뒤 제주도 해안선으로부터 5km 이상 들어간 지역, 즉 중산간 마을 전역을 '무장대 토벌'이라는 명목으로 불태우며 주민들을 해안가로 소개시켰다.

시키기도 했습니다. 산에 살던 사람들은 나라에서 시키는대로 급하게 해변으로 이동해야 하니까, 모든 살림을 다 버리고 먹을 것만 얼른 챙겨 내려갔습니다. 그러나 내려간 뒤로는 모든 살림살이며 집이며 나라에서 다 불태우고 아무것도 남지 않았습니다.

마을 사람들은 나라에서 시키니까 소개 갔다 왔는데, 집은 불에 타 없어져 버리고 소도 없으니 죽지 못해 살았지요. 소가 있어야 밭도 갈고 할 것인데 소가 없어 농사도 못 지었어요. 사람들이 할 수 있는 건 나무 베는 일밖에 없었습니다. 먹고 살아야 하니까 목장에 가서 나무해다가 모슬포까지 가서 팔고, 먹을 것을 겨우 사다가 먹고, 숯을 구워서 팔기도 했습니다. 모슬포에는 훈련장이 있으니까

군인들이 육지에서 가족들을 데리고 와서 살
았거든요. 그들이 숯과 나무를 땔감으로 많이
샀습니다. 매일 가서 하루에 숯 한 가마니는
꼭 팔아야 우리는 먹을 것을 사 올 수 있었습
니다.

　　하루도 쉬지 않고 그렇게 생활을 하며 살
았어요. 저뿐만 아니라 누구나 다 그렇게 살
았지요. 산간에서는 집도 없었고 먹을 것도 없
었고 해변에서 사는 사람들은 좋았지. 소개도
하지 않고 집도 있고 먹을 것도 있고. 산간에
사는 사람들은 죽지 못하니까 살았지. 사는
게 삶이 아니었어요.

산폭두를 만들었어요 산에 숨어서
동굴속에서 살면서 먹을것이었
으니까 사람들 사는데 와서 쌀
이나 먹을것을 달라고 했다
배가 고프니까 어쩔수가 없었
지요 그래서 쌀이나 먹을 것을
주었떤 사람들은 고마운사람
이라고 명단에 올렸다
그 명단에 올라 간 사람들은
경찰에 자펴가서
다 죽고 말았다

그 시대에는 그쪽도 무섭고 저쪽도
무서웠다 산에서 숨어 있다 가
먹을 것을 달라고 해서 않주면
죽이고 그 집 식구들을 다 죽여
버리곤 했다 그리고 또 법쪽에
서는 산폭도 않테 주었다고
해서 경찰에서도 죽이고 그러
다 보니 사람들은 만니 죽었어요
산간에 사는 사람들을 해변으로
소개를 시켰다 그러니까
해변으로 소게 가면서 먹을 것만
가지고 내려 갔었고

모든 살림을 다 버리고 내려

갔는데 모든 살림살이며 집도

다 불 태워 버리고 아무것도 없었다

소도 없 었고 집도 없었고

산에서 사는 사람들은 소나

말을 다 잡아 먹고 살았기때문

에 소게같아 와서 보니 집도

다 불태워 버리고 소도 없었고

사는 게 죽지못 하니까

살았지요

우리 엄마

우리 집의 가난은 겨울이면 더 심해졌습니다. 산에 나무하러 가는 것 외에는 일거리가 없었던 그 당시 농촌의 겨울이었기 때문입니다. 점심때가 되어도 어느 집에서도 연기가 피어오르는 게 보이지 않았습니다. 하루 세 끼를 꼬박꼬박 찾아 먹을 입장이 아니었습니다. 아침, 점심, 저녁 중 중간에 낀 점심을 걸렀습니다.

우리들뿐만 아니라 어린 시절 농민 대부분이 너나 할 것 없이 그랬습니다. 농촌 실상은 그렇게 비참했습니다. 특히 많은 어머니들이 자식들 먼저 거두어 먹인다고 배를 많이 곯았어요. 모처럼 어쩌다가 맛있는 음식이라도 생기면 자식들부터 챙겨 먹이고 당신들은 아예 입에 대지도 않았습니다. 그때 어머니들은 항상 배고프면서도 참고 견뎠습니다.

우리 집은 가난하긴 해도 어머니가 장사를 잘했습니다. 어머니가 장사하러 나가시면 저에게 집안일을 다 맡겨두셨습니다. 저는 물도 길어다 놓고 밥도 짓고 청소도 하고 그랬지요. 우리가 어렸을 때는 여덟 살 정도만 되어도 어린아이로 취급되지 않았습니다. 일을 가르쳤어요.

어머니는 장사하러 매일 나가셨습니다. 자동차라는 게 없는 시대였으니 꼭두새벽에 모슬포에서 한림까지[6] 장사할 물건을 사러 걸어가야 했습니다. 한림에 도착하면 정오가 다 됐고, 물건을 산 후 다시 집으로 돌아오면서 팔았습니다. 집마다, 거리마다 돌아다니며 다 팔고 오면 저녁이 됐어요.

길이 잘 닦여있지도 않으니 넘어지는 일도 많았습니다. 어머니도 너무 어두워서 집에 오다가 넘어져 무릎을 다칠 때가 있었습니다. 그래서 저는 해 질 때까지 어머니가 돌아오지 않으면 밖에 나가서 기다렸습니다. 어머니가 걱정되고 안쓰러워서 울면서 기다렸습니다. 저 말고 다른 식구들은 어머니를 기다리지 않았습니다. 이렇게 어머니가 고생한 덕분에 우

---

6. 약 25km(평균 걸음 속력으로 5시간 내외의 거리).

리는 그렇게 어려운 시대였음에도 끼니를 많이 거르지 않아도 됐습니다.

모두 일본놈들 때문이었습니다. 일본놈들이 다 빼앗았기 때문에 먹고 싶은 것도 못 먹고 공부도 못 했습니다. 아직도 그때만 생각하면 억울하고 분해서 견딜 수 없습니다. 일본놈들은 우리의 성까지 빼앗은 뒤 일본의 성을 따르게 했습니다. 우리말과 우리글을 없앴고 일본말과 일본글을 국어로 삼고 배우게 했습니다. 그래서 저도 한글을 배울 기회가 더욱 없었습니다.

일제강점기가 끝난 후에도 평화는 잠시뿐. 미처 숨 돌릴 사이도 없이 4·3사건이 일어났습니다. 그러니 공부는커녕 먹고 살 방법 자체가 없었습니다. 저는 공부할 기회를 다 놓치

고 말았지요. 누구를 탓하겠습니까. 농촌에서
는 그렇게 살았습니다. 살림은 어렵고 자식들
배 한 번 부르게 먹이지 못하는 형편에 죽으로
끼니를 때우던 시절이었습니다. 자식들 배불
리 먹이는 것이 어머니들의 유일한 소원이었
습니다. 지독한 가난 속에서 살았던 우리 어머
니들은 어찌나 고생이 많았는지 몰라요.

　우리 어머니도 그렇게 고생만 하다가 62
세에 세상을 떠났습니다. 그때의 그 아픈 기억
이 가슴 속 깊이 박혀 영영 지워지지 않습니다.
세월이 흘러도 어머니 생각은 잊을 수가 없어
요. 좋은 옷 한 벌 해드리지 못하고, 맛있는 음
식 한 번 해드리지 못해 후회가 많습니다.

그리고 우리 어머님도 그렇게
고생만 하다가 62세에
세상을 떠났었요 그 때의
그 아픈 기억이 가슴속
깊이 박혀 영영 지워지지
않은걸 세월이 흐를수록
어머니를 생각 하면 지금
도 이즐수가 없었요
좋은 옷 한벌 해드리지못
하고 맛있는 음식 한번
못해 드리고는 후회가
많았다

나의 결혼

저는 항상 부모님을 도우며 살다가 스물한 살 때 결혼을 하게 되었습니다. 연애도 아니고 중매결혼이었습니다. 아무것도 모른 채 결혼하다 보니 얽히고설킨 일이 한두 가지가 아니었습니다.

큰 동서 바로 밑에 동생이 저희 오빠하고 결혼해서 살다가 이혼하고, 친정 고모님은 큰 동서 오빠하고 결혼해서 이혼하고, 또 큰 동서 아주 가까운 친척이 제 남동생하고 결혼하고 살았어요. 그렇게 복잡한 시집에서 시집살이 중이었는데, 큰 동서는 길에서 마주치면 저한테 "너도 시집에서 잘 한번 살아 봐라"라며 아무런 이유도 없이 조롱을 하기도 했습니다. 나는 아무 대꾸도 못 했어요. 내 편은 아무도 없는 데다가 동서가 보통이 아니었습니다. 제가 아니 한 말까지 꾸며 시아버님께 일러바쳤어요. 그래서 시아버님은 저한테 와서 네가 그렇게 말을 하면 되냐고 하며 욕을 했습니다. 그런 걸 동서가 조작했다는 사실을 나중에 알게 되어도 저는 화를 꾹 참아야 했습니다.

인생의 괴로움에는 여러 가지 종류가 있습니다. 자기의 의무를 다하기 위한 괴로움이 있고, 운명과 싸우며 견디는 괴로움도 있습니다. 결혼 2개월 만에 이뤄진 너무 빠른 임신은 그런 괴로움들 중 하나였습니다. 마음속으로 얼마나 걱정을 많이 했는지, 괴로움 속에 나 혼자 밭에 가서 울며 일했습니다. 시아버님은 혼자 일하니까 일 때문에 우는 줄 알고 저보고 일을 하지 말라고 했습니다. 사실 저는 일 때문에 괴로운 게 아닌데 말이에요. 마음의 괴로움이 많았습니다.

저는 결혼해서 시집살이가 아니고 지옥살이를 겪었습니다. 남편은 아침 새벽에 나가면 밤이 되어야 돌아오고, 저는 혼자 밭에서 해가 질 때까지 일하다가 집에 와서 씻고 잠자고, 다음 날 아침 일찍 밥을 짓기 위해 일어나야 했습니다. 아침에 밭에 가서 일하기 시작하면 날이 저물 때까지 저에게 말 한마디 해줄 사람이 없었습니다. 그때 시집살이가 얼마나 고된 것인가를 알았습니다.

결혼하면 부부가 정답게 이야기를 나누며 오순도순 사이좋게 사는 줄 알았지요. 그런데 그게 아니었습니다. 나 혼자 일을 열심히 하고 나면 잘못했다고 트집 잡히기 일쑤였습니다. 저는 정말로 열심히 살려고 했지만, 내 마음을 알아주는 사람은 아무도 없었습니다. 그 시절 여자는 짐승 같은 생활을 하고 살아야 했지요.

눈물과 한숨이 절로 나왔습니다. 저는 시집 생활이 죽기보다 싫었어요. 외롭고 답답해서 견딜 수가 없었습니다. 그렇다고 떠날 수도 없었고, 그렇다고 친정으로 도망칠 수도 없었습니다.

결혼 날이 1953년 동짓달이었고, 2개월

만에 임신해서 내 마음은 답답하기만 했습니다. 나는 어떻게 살아가야 할까 생각했는데 나 참 기가 막혀서... 또 이럴 수가 있을까 싶은 일이 있었습니다. 시어머니 배가 어느새 뽈록했었거든요. 게다가 큰 동서까지도 배가 뽈록해서 정말 어처구니가 없었습니다. 시어머니는 8월에 쌍둥이를 낳고, 나는 9월에 아들을 낳고, 큰동서는 12월에 아들을 낳는 일이 연달아 일어났습니다.

그때는 수돗물도 없을 때였습니다. 그래서 나는 잠시 아기를 맡길 사람도 없이 물을 길어와야 했습니다. 물이 없으면 살 수가 없었습니다. 물이 있어야 먹기도 하고 씻기도 하고 할 테니까요. 아기가 잠자는 시간에 물을 길어와야 했습니다.

아기가 잠에서 깰까 봐 문을 살짝만 열고 물허벅[7]을 지고 밖으로 나가면 아기는 어느새 잠에서 깨고 말았습니다. 나는 아기가 우는 소리를 듣고도 물을 길으러 가야 했습니다.

그런 엄마의 마음이 어땠을지 상상이 가십니까? 갔다 오는 시간은 족히 두어 시간은 걸렸습니다. 갔다 와서 보면 아기는 울고 있습니다. 저는 아기를 와락 껴안습니다. 아기도 울고 저도 웁니다.

저는 정말 참을 수 없는 고통 속에서 살았지요.

---

7. 제주 지역에서 많이 쓰인 물 항아리. 머리에 이는 육지의 물 항아리와 달리 등에 지고 운반할 수 있게 만들어졌다.

내 마음을 알아 주는 사람
은 아무도 없었다 여자는 짐승
같은 생활을 하고 살았지요

갔다와서 보면 아기는 울고 있었다
나는 아기를 와락 껴안았다 그리고
나도 울고 아 기도 울었다

나는 바보, 바보 같은 여자

저는 아기 낳고 3일 만에 일을 했습니다. 밥도 짓고 물도 길어다 놓고 조나 콩 같은 작물도 제가 장만했지요. 어쩔 수 없이 다 했지만, 이후에는 너무 아파서 견딜 수가 없었습니다. 그토록 아프면서 아픈 척도 하지 않고 살았으니... 나는 바보, 바보 같이 살았어요.

인생은 늘 괴로운 것이라고 생각했습니다. 인생은 평화와 행복만으로 처음부터 끝까지 채워질 수는 없을 것입니다. 괴로움을 두려워하지도 말고 슬퍼하지도 말아야 한다고 생각하며 살았습니다. 희망은 늘 괴로운 언덕 너머에서 기다리니까요.

첫째를 낳았을 때가 특히 괴롭고 힘들었습니다. 처음부터 너무 바쁘게 살았습니다. 첫째 낳은 지 얼마 안 된 1월에 집을 지었는데, 남편은 집수리도 하지 못하고 군대를 가게 되었어요. 지붕은 한불[8]로만 덮은 상태니까 비만 오면 빗물이 뚝뚝 떨어졌습니다. 그래서 시아버님 댁에 가서 상의를 했어요. 시아버님은 새[9]를 사러 가자고 하셨습니다. 그런데 새를

---

8. '애벌'의 제주 방언

9. 띠, 혹은 황모 등으로 불리며 제주 지역에서 옛날부터 활용한 초가 지붕 재료다.

사는데 너무 많이 사더라고요. 알고 보니 우리 집 지붕 덮고 남은 것들을 시아버님이 다 가지고 가서 쓰셨습니다. 돈은 제가 다 갚고 내야 했지요. 나는 바보, 바보 같은 여자.

부모님한테 물려받은 것도 없고, 그나마 한 푼 돈이라도 가지고 있으면 시부모님은 그 돈을 달라고 하셨습니다. 그럼 저는 그대로 드렸습니다. 그것으로 끝이었습니다. 소 같은 것도 기르다가 팔면 돈을 많이 받든 적게 받든 단 천 원도 저는 쥐어본 적이 없었습니다. 그러니까 저는 남의 집 머슴살이만도 못한 삶을 살았어요. 머슴은 품삯이라도 받지만 나는 바보 같은 여자였습니다.

결혼 후 집을 지으면서 어려움이 너무 많았습니다. 집 지을 땅도 사고 하다 보니 돈이 없었습니다. 빚을 졌습니다. 지붕 덮을 새를 사 오는 것도 친정에 가서 돈을 빌려다가 사왔습니다. 그걸 시아버님은 가져다 쓰셨지요. 시아버님이 가져다 쓰신 것만은 시아버님께서 갚으셔야 하는데, 우리 집에 필요한 양보다 더 많이 가져가 놓고 돈은 제가 다 갚아야 했습니다. 시아버님의 엄한 명령이라 어길 수도 없었고 곧이곧대로 따를 수밖에 어쩔 수가 없었습니다. 그래서 저는 가난과 슬픔 속에서 잠든 아기 얼굴을 내려다보며 소리 없이 울곤 했습니다. 그러나 내가 구할 수 있는 방향에서 손에 닿는 것을 구할 뿐입니다. 참을 수 없는 고통을 겪어야 강하게 된다는 것을 점점 깨닫게 되었습니다.

저는 남편이 군대에 간 후 집수리를 다 마

치고 밭도 2,000평을 샀고 돈도 밭 산 것보다 많이 벌고 모았습니다. 그게 어떻게 번 돈인데, 어떻게 모은 돈인데… 시아버님은 갑자기 그 돈을 큰아주버님에게 빌려주라고 했어요. 이자는 잘 쳐주겠다며 그 돈을 지금 당장 달라고 해서 선뜻 빌려주고 말았습니다. 큰아주버님은 장사도 잘되고 했지만, 이자는커녕 원금도 줄 생각을 안 했습니다. 1년이 지나도록 아무런 소식이 없었지요.

그때 동네 사람 한 분이 좋은 밭을 저에게 팔겠다고 했어요. 저는 시아버님께 가서 밭을 사야 하니 지난번에 큰아주버님께 빌려드린 돈을 찾아야 할 것 같다고 했습니다. 시아버님은 욕을 했습니다. 그 돈이 제 돈이냐면서요. 저는 눈앞이 캄캄해졌습니다. 그 돈이 어떻게 번 돈인데요. 어떻게 모은 돈인데요. 저는 억울하고 분해서 견딜 수가 없었습니다. 뒤돌아서서 저는 아무 말도 못 하고 눈물만 뚝뚝 흘리며 집으로 돌아왔습니다. 남편이 군대생활 3년을 다 채우고 제대하고 나서야 그 돈을 받을 수 있었습니다. 하지만 3년도 넘은 돈을, 빌렸을 때의 원금만 주니까 돈의 가치가 거의 없었습니다. 옷 한 벌 맞춰 입고 나머지는 용돈으로 쓰니 없는 수준의 돈이었습니다. 우리가 그 돈으로 부자가 될 수도 있었는데 큰아주버님 탓에 망친 것입니다.

나는 항상 말 못 하는 사람처럼 살았어요. 내 운명이지 누구를 원망하리오. 나는 혼자였습니다. 도와줄 사람은 한 사람도 없었습니다. 제가 가장 믿을 사람은 남편인데, 남편마저 있으나 마나 도움은커녕 저를 눈엣가시처럼 여겼으니까요. 남편은 저를 항상 괴롭혔습니다. 남편이 저를 그런 식으로 대하니까 시집 식구들도 저를 얕잡아 보고 괴롭히려고만 했습니다.

첫째 낳고 얼마 되지 않아 새로 집을 지으면서 가난과 괴로움이 말이 아니었습니다. 부엌문을 못 달고 살던 채로 닭을 길렀는데, 어느 날 닭이 부엌에서 알을 낳았어요. 남편은 닭이 부엌에서 알 낳는 걸 보면서도 알 낳을 곳을 제가 따로 만들어주지 않았다는 이유로 욕했습니다. 그리고 곧장 자기 부모님께 가서 일러바쳤어요. 그럴 때면 그 즉시 시아버님이 저에게 와서 닭이 부엌에서 알 낳는 걸 보면서도 내버려뒀다고 야단을 치고 모든 것을 다

트집 잡았습니다.

　저는 밭에 가서 열심히 일하다가 집에 들어오면 항상 무엇 이유에서든지 혼이 나거나 욕을 들어야 했어요. 모든 일이 그런 식이었습니다. 그래서 저는 꼭 제가 살아야만 하나 싶어 한숨과 눈물로 나날을 보냈습니다. 혼자 쓸쓸하게 참고 견뎠습니다. 시집가서 하루라도 남편하고 정답게 이야기를 나누며 살아본 때가 없었네요.

　나는 삶을 너무 비참하게 살았어요. 내가 기르는 개가 강아지를 낳아도 내 마음대로 못 팔고, 딴 마을 사람이 와서 사가더라도 강아지 판 돈을 손에 쥐지 못했습니다. 시집에서 내놓으라고 하면 시누이에게 줘야 했고, 새 강아지를 사서 우리 집에서 다 클 때까지 기르면 그것도 줘야 했고, 닭이 알을 낳아도 다 줘야 했습니다. 답답하고 마음이 괴로워서 견딜 수가 없었습니다. 하루라도 울지 않고 지나간 날이 없었습니다. 아이가 아파도 걱정해 주는 사람이 없었으니까요.

나는 아기낳고 3일 많에 일을 했지요

밥도 짓고 물도 길어다놓고 조도 콩도

내가 장만 했지요 그러니까

그때는 어쩔수 없었지만 그후에

는 너무 아파서 견딜수가 없었다

나는 그렇게 아푸면서도 아푼척도하지

않하고 살았으니 나는 바부 바부같이

살았어요 인생은 평하와 행복만으로

처음부터 끝까지 될수는 없어요

인생에는 괴로움을 두려워 하지도말고

슬퍼하지도 말아야 한다 인생은 늘
괴로운 것이다 라고 생각을 했다

그렇지만 아버님의 엄한 명령
이라 어길 수도 없었고 아버님
말대로 따를수 밖에 어절수가
없었다 그래서 나는 가난과 슬픔
속에서 잠든 아기 얼굴을 내려다
보며 나는 소리없이 울곤 했다
그러나 내가 구할수 있는 방향에서
손에 닿는 것을 구할뿐이다
참을수 없는 고통을 겪어야 강하게
된다는 것을 알게 되었다

사랑하는 나의 아이들

남편이 제대하고 집에 돌아오면 모든 것들에서 벗어나 행복하게 살아갈 수 있겠지 싶었습니다. 그걸 기다리며 먹고 싶은 것도 사 먹지 않고 열심히 살아왔거든요. 너무 힘들었습니다. 나 혼자 외롭고 도와주는 사람도 없었으니까요.

그러나 남편이 돌아오면 편안할 줄 알았지만, 그게 아니었습니다. 어느새 셋째를 낳았고, 넷째가 배 속에 있을 때 남편은 경찰관을 하겠다며 가버렸습니다. 돈을 벌어서 용돈을 잘 가져다주겠다고 했는데 그런 적이 없었습니다.

저는 아이들 네 명을 혼자 키워야 했습니다. 제가 아프면 아이들을 돌봐줄 사람이 없었고, 아이가 아파도 누가 걱정해주는 사람도 없었습니다. 그래도 첫째 아이는 초등학교 1학년 때부터 공부는 곧잘했습니다. 담임 선생님이 우리 집에 찾아오셔서 "아이가 너무 공부를 잘한다"라고 칭찬을 하고 가실 정도였습니다. 그런 아이가 얼마 되지 않아 덜컥 자리에 눕고 말았습니다. 열이 나서 죽을 지경이었어요. 시아버님 댁에 달려가서 상의를 하고 다음 날 새벽부터 아이를 업고 병원에 가기로 했습니다. 청수에서 한림까지 업고 가야 했습니다.

그 시절에는 진료를 볼 곳이 한림에 있는 작은 병원 한 곳밖에 없었거든요.

날씨가 너무 더워서 견딜 수가 없었던 기억이 납니다. 조금 가다가 쉬고, 또 조금 가다가 쉬는데 아이는 열이 나서 죽을 것 같았습니다. 그런 아이를 보고 있으면 눈물이 앞을 가렸습니다. 참으려고 해도 불쌍해서 참을 수 없었습니다. 그런 저를 보며 시아버님은 왜 우느냐고 욕을 했습니다.

겨우 병원에 도착해서 진찰을 받았는데, 열병이기 때문에 하루이틀 만에 고칠 수 없다고 했습니다. 시아버님은 큰아주버님 집에 아이를 데리고 가보자고 했습니다. 그래서 갔더니 큰아주버님은 없고 큰동서만 있었습니다. 시아버님이 아이를 맡겨두고 가겠다 하니까 큰동서는 안 된다고 데리고 가라고 신경질을 냈습니다. 시아버님은 큰아주버님이 올 때까지 가만히 앉아 기다렸고, 큰아주버님이 들어오자 다시 자초지종을 전했습니다.

결국 아이를 맡길 수 있게 됐는데, 뒤돌아서서 가니 아이 우는 소리가 귀에 계속 들리는 듯했습니다. 큰아주버님은 아이 열병이 나을 때까지 만나지 말라고 했습니다. 아이가 엄마를 자꾸 보면 요양에 힘쓰지 않고 집으로 돌아가고 싶어할 거라는 이유에서요. 하지만 저는 아이가 보고 싶고 늘 걱정됐습니다. 그래서 31일 만에 멀찍이서 아이를 몰래 보고 돌아왔습니다.

아이는 긴 시간 치료받고 병이 나아 집으로 돌아왔습니다. 학교를 오래 결석해서 어떻게 수업에 따라갈 수 있을까 걱정했는데, 처음엔 조금 뒤떨어졌어도 차차 잘 좇아갔습니다. 전깃불도 책상도 없던 시절이라 호롱불만 켜고 종이상자 위에 책을 올려놓은 채 숙제도 하고 공부도 했습니다. 공부를 잘해서 제주도에서는 제일 우수한 학생들만 간다던 중학교에 시험 봐서 합격했어요. 둘째도 공부를 잘했고 좋은 학교에 갔습니다.

셋째는 오래도록 심장병으로 고생했어요. 저는 엄마로서 어떻게 할 수가 없었습니다. 돈도 없었고 누가 도와주는 사람도 없었으니까요. 이리 가도 나 혼자, 저리 가도 나 혼자였으니 일을 하지 않으면 살 수가 없었습니다. 이른 새벽부터 밤늦게까지 힘들게 일을 하고 잠을 제대로 자지 못했습니다.

셋째 아이가 아픈 게 걱정되어 도저히 잠을 이룰 수 없었습니다. 나 혼자 걱정하고 울면서 일주일에 한 번씩 약을 사다 먹였습니다. 셋째 아이가 먹고 싶다고 하는 것은 돈이 없어도 어떻게든 구해서 꼭 사다 주곤 했습니다. 시아버님이 바로 옆집에 살고 있었지만 단돈 백 원도 주시지 않았어요. 남편은 일요일마다 집에 오면서도 약값은커녕 사과 서너 개라도 사다 주었으면 좋았을 것을. 언제나 빈손이었습니다.

하루는 밭에 가서 울면서 잡초를 휙휙 베어내는데 실수로 뱀의 목을 뚝 잘라버렸습니다. 꼬불꼬불 움직이는 걸 보고 깜짝 놀랐어요. 힘이 보통이 아닌 걸 보면서 저걸 구워 먹으면 아픈 아이가 좀 낫지 않을까 싶었습니다. 그래서 그걸 구워서 먹였어요. 아이는 그 날 밤만큼은 아프지 않고 잠을 잘 잤습니다. 그때부터 그것이 보약이구나 하고 계속 뱀을 찾아다녔습니다. 구워 먹이고 달여 먹이고 한 백 마리 이상은 먹였던 것 같아요. 하지만 그럼에도 병이 나아지지는 않았고 아이가 먹기 싫어하는 것을 억지로 먹게 했나 싶어 후회했습니다.

저는 셋째 아이 앞에서는 울지 못했어요. 혼자 밭으로 가서 실컷 울고 왔습니다. 아이는 간절하게 살고 싶어 했어요. 그때 남편 집안 식구 중 누가 일본에 갔다 왔었는데 일본에서는 심장병을 고칠 수 있다고 했습니다. 아이는 그 말을 듣고 살고 싶어서 자기 할아버지인 제 시아버님 집에 가서 자기를 일본에 보내달라고 사정했습니다. 일본에 보내줘서 병을 고쳐주면 죽을 때까지 돈을 벌어서 갚겠다고 했습니다. 그 어린 것이 말입니다. 그러나 시아버님은 다시는 우리 집에 오지도 말라고 하면서 호되게 욕을 했습니다.

아이는 너무나 슬퍼서, 기가 막혀서 울면서 집에 왔어요. 저는 그런 줄도 모르고 무슨 일이냐고 물으니 할아버지한테 가서 사정을 했다가 쫓겨났다고 했지요. 아이는 그 후로 살 것을 포기하고 날마다 울었습니다. 할아버지 집에 가지도 않았고, 얼마 되지 않아 세상을 떠났어요. 10년 동안 아프다가 하늘나라로 갔습니다. 저는 너무 억울하고 슬퍼서 슬픔이 끝없이 이어지는 것 같았습니다.

그리고 '왜 나는 괴로움과 슬픈 고통을 당

하고만 있어야 하나' 싶어 혼자서 눈물만 하염없이 흘렸습니다. 하루, 이틀, 사흘... 그러나 나는 아이를 잃은 슬픔에만 빠져선 안 되는 엄마였습니다. 제가 너무 슬픔에 빠져있으면 남은 아이들이 싫어할 거 같아서 밭으로 갔습니다. 밭에 가서 실컷 울고 아이들 앞에서는 절대로 눈물을 보이지 않았습니다. 그런 내 마음이 궁금한 사람은 없었지요. 주위 친척들도 비웃기만 하고 그랬어요.

그렇게 셋째 아들이 떠나고 난 5년 후에는 넷째 딸마저 세상을 떠나고 말았습니다. 가슴이 천 갈래, 만 갈래 찢어질 것 같았습니다. 넷째 딸도 공부도 잘하고 달리기도 잘하였지요. 제 슬픔은 끝이 없었습니다. 날이 흐르면 흐를수록 잊히질 않았습니다.

슬픔 속에서 벗어날 수가 없었지만, 제가 견뎌내지 못하면 어느 누구도 저를 보듬어줄 사람이 없었습니다.

나는 그아이가 아픈것을 걱정되어

도저히 잠을 이룰수 없었던 것이였다

나는 그아이가 십년 동양을 아프다가

세상을 떠났지땅 나혼자만 걱정

하고 울면서 일주일에 한번씩 약을

사다가 먹이고 그아이가 먹고십다고

하는것은 돈은없었도 꼭사다주곤

했다 할아버지도 바로 옆집에 살고

있었지땅 단돈 백원도 주어보지

않았었요 아이아빠도 일요일 마다

집에오면서도 약값은 커녕 사과 라도

서너개 사다 주었으면 좋을걸

삶의 존귀함에 대해

남편이 군대 가기 전까지 제 손에는 단돈 백 원도 없었어요. 결혼하기 전까지만 해도 그렇게 돈이 없지는 않았습니다. 결혼 때 축의금으로 받은 돈과 모아둔 돈이 있었는데, 남편이 어느 날 돈 좀 있냐고 하더라고요. 나 돈 많이 있다고 하니까 그 돈을 빌려달라고 해서 줬습니다. 끝이었어요 그게. 고무신이 다 해져도 한 켤레 사서 신을 돈마저 없어졌습니다. 너무 기가 막혔어요. 우리 엄마가 결국 고무신을 사

췄습니다.

시집살이하면서 남의 집 더부살이가 얼마나 고된 것인가를 경험으로 알게 됐습니다. 추위에서 떨어본 사람이 태양의 소중함을 알듯이 인생의 힘겨움을 통과한 사람만이 삶의 존귀함을 알게 됩니다.

남편이 군대에 간 후부터는 제 마음대로할 수 있어서 좋았어요. 아기도 착하고 걸어다니기 시작하니까 누구의 도움도 없이 건강하게 자라주어서 좋았지요. 돈도 조금씩 벌었고 첫째가 다섯 살 때 둘째가 태어났는데 첫째는 자기 동생이 있으니까 기뻐하면서 언제나정성껏 보살펴줬어요. 낳았을 때의 기쁨보다더 행복했습니다. 아기 때문에 일을 못 한 적이 없었습니다. 첫째가 어린아이답지 않게 저를 많이 도와줬어요. 처음 태어나서 고생도 많았을 텐데 어렸을 때부터 너무 착하게 커줬습니다.

인생에 돈 버는 것도 기회가 있는 것 같습니다. 한창 돈을 벌고 있을 때 밭에 가다가 발을 헛디뎌 언덕 아래로 떨어진 적이 있습니다. 저는 정신을 잃고 쓰러졌습니다. 아침에 나왔다가 겨우 정신을 차려 눈을 떴을 땐 해가 서쪽으로 뉘엿뉘엿 떨어지고 있었어요. 저는 혼자 일어서지도 못해서 겨우 기어서 죽을힘을 다해 집에 돌아왔습니다.

거실에서 누운 채 한 달 넘도록 일어나지 못했습니다. 그전까지 살면서 한 번도 아프지 않았는데, 그렇게 크게 다치고 나니 걷는 것만으로도 온몸이 아팠습니다. 하지만 먹고 살아야 하니까 일을 안 하면 살 수가 없었어요. 누가 돈 한 푼 주는 사람이 없었습니다.

매일 아픈 채로 7년 동안 일하다가 결국 어느 날 자리에서 아예 일어나지 못했습니다. 3년 동안요. 방 안에서 일어나지 못한 채 누워서 사촌 동생이 밥을 지어주고 일으켜 줬습니다. 너무 아파서 돌아누울 수도 없었습니다. 신경통 약을 계속 먹으니 몸이 퉁퉁 부었어요. 일본에 있던 시삼촌이 오랜만에 와서 저를 보고 깜짝 놀라서 왜 이렇게 됐냐고 했습니다. 그래서 제가 그동안의 사정을 다 말했는데 시삼촌은 "그렇다고 가만히 누워서 잘 먹기만 하니까 살이 쪘네"라고 했습니다. 눈물이 났어요. 아파서 일어나지도 못하는 사람한테 저렇게 말할 수 있을까... 언제 저에게 고기라도 한

근 사줘 보았으면 또 몰라요.

그래도 삼촌은 나중에 일본에서 가지고 온 약을 주면서 먹어보라고, 너무 불쌍하다고 하면서 갔어요. 일본에 돌아가서도 약을 많이 보내주시긴 했습니다. 그러다가 다리가 어쩐지 퉁퉁 부어서 손톱으로 꼬집어도 아프지 않았습니다. 계속 꼬집었는데 갑자기 툭 터지더니 곪은 물이 너무 많이 나왔어요. 옷을 갈아입어도 새 옷이 계속 젖을 정도였습니다. 돌아눕지도 못하고 일어나지도 못하다가 곪았던 것들이 다 터져버리자, 누구의 의지도 없이 저 스스로 일어날 수 있게 됐습니다. 너무 기뻐서 어쩔 줄을 몰랐어요. 그 후로는 그 정도로 아프지 않았습니다.

그동안 그렇게 아프면서 비싼 약도 안 쓰

고 병원에도 안 갔지만 기적처럼 병을 고쳤으니 시부모님과 남편이 기쁘게 생각할 줄 알았어요. 그런데 그게 아니었나 봅니다. 병도 고쳤고 열심히 살아보려고 하는데 남편은 일요일마다 집에 와서 저보고 어디 가서 돈 좀 빌려오라고 했습니다. 돈을 빌려오지 못하면 싸웠고 그것도 못하는 병신이냐고 저에게 욕했습니다. 저는 죄인처럼 살았습니다.

그러나 남의 집에서 더부살이가
얼마나 고된 것인가를 스스로
경험해 바야 한다는 것을 알게
되었었요 추위에서 떨어본 사람이
태양의 소중함을 알듯이 인생이
힘겨움을 통과한 사람마이 삶의
존귀함을 알게되었다 나는 남편
의 군대 가고 난후에는 내 마음대로
모든 것을 다 할수 있었으니까 좋았
어요 아기도 착하고 걸어다니기
시작 하니까 누구도움 없이 건
강하게 자라주어서 좋았어요

시집살이

남들은 남편이 직장 생활하면 월급 받고 보내
준다고 하던데 저는 한 번도, 단돈 만 원도 받
아본 적이 없었습니다. 아이들 네 명을 혼자
손으로 키우는 게 얼마나 힘들었는지 몰라요.
나도 아프고 아이도 아프고 가난한 살림은 여
간해서 펴지질 않았습니다. 아무리 생각해도
너무 힘들어서 한참 생각하다가, 부부는 서로
합쳐서 사는 것이 좋을 것 같았어요. 그래서
직장 때문에 따로 헤어져 살지 말고 집에 들

어와서 같이 살자고 했습니다. 남편은 사표를 내고 집으로 돌아왔습니다. 그런데 남편이 집에 들어오기 전에는 나 혼자만 힘들었지만, 남편이 집에 들어오니 아이들까지도 고통을 겪기 시작했습니다.

막내가 다섯 살 때였습니다. 아빠가 집에 오자 엄마 아빠가 매일 싸우고 때리고 하니, 한창 어리광을 부릴 나이에 그 어린 것이 엄마 아빠 싸우는 것을 걱정하며 병이 날 정도였습니다. 저는 삶을 포기할까 생각도 했다가 내가 없으면 아이들이 더 고통받을 것이니, 내가 아무리 맞아 죽을지라도 아이들만은 지켜야지 하면서 입술을 깨물고 살았어요. 그 어린 것이 얼마나 충격을 받고 그랬을까... 아빠가 싸울 때는 아이가 갑자기 열이 올라서 온몸이 불덩이 같았습니다. 싸움을 멈추면 금방 열이 내렸고요.

어떻게 생각해보면 바보 같기도 하고 또 다르게 생각해보면 강한 것 같기도 한 겁니다. 저는 처녀 때 인기가 많았었어요. 동네 사람 중에도 저를 며느리 삼고 싶다고 하는 사람들이 많았는데, 그중에서도 제일 까다로운 집안을 선택한 게 제 운명인지 모르겠습니다. 그렇지만 지금은 원망은 하지 않고 나름 행복합니다. 아이들이 착하고 좋아요.

결혼하기 전에 아주 친한 친구가 있었는데 결혼 때 서로가 옷도 해주고 하면서 아주 친하게 지냈어요. 결혼 후에 얼마 되지 않아 우리 집에 그 친구 부부가 놀러 온 적 있습니다. 갑자기 시아버님이 문을 벌컥 열고 들어와서는 친구네 부부에게 뭐 하러 여기 왔냐고 하면서 나가라고 했습니다. 친구 부부는 그렇게 쫓겨났고 다시는 만나보지 못했어요. 남편네 친구가 와서 놀다 가도 시아버님은 똑같이 윽박지르고 다음부터 그 사람들을 길거리에서 만나면 인사도 하지 말라 했습니다. 저는 바보 같이 시아버님 시키는 대로만 했어요. 진짜 길에서 마주치기도 했는데 저에게 인사말로 남편이 어떻게 지내냐 해도 대답도 않고 지나갔으니 나는 바보였습니다.

시아버님은 너무 의심이 많아서 그런 것이었습니다. 저를 의심해서 누가 저를 홀려 갈 줄 알고 항상 감시했습니다. 제가 밭에 가서 일하고 있을 때도 미행하고, 집에서도 매일 저녁마다 엿보다 가는 등 늘 저를 의심했습니다.

친구도 손님도 못 오게 했고 저 혼자 어디 가지 못하게 했습니다. 그러다 첫째가 태어난 후부터는 그러지 않았어요.

저도 처음엔 몰랐다가 나중에 시어머님한테 이야기했더니 시어머님은 "너희 시아버님은 의심하는 것이 병이다. 너에게만 그렇게 한 것이 아니었다. 손자, 며느리에게도 다 그렇게 했었다. 매일 저녁에 가서 엿보다가 오는 걸 하루도 안 하는 날이 없었다"라고 했습니다. 그래도 시어머님은 마음씨도 좋고 성질이 순하고 좋은 분이었습니다. 살아생전에 제가 잘 해드리지 못해서 후회가 많습니다. 살림살이가 너무 힘들다 보니 내가 할 일을 잘 못해서 후회가 많았고 이제 와서 후회해도 아무 소용이 없을 것입니다. 어머님은 일생동안 고생만 하다가 세상을 떠나고 말았습니다. 나이 마흔셋에 쌍둥이를 낳고 엄청 힘들어 했지요.

시어머니님은 아들 4형제에 딸 4형제 중 막내인 쌍둥이를 낳고서 너무 힘들어 죽을 뻔했습니다. 그래도 고생하면서 그 막내딸 잘 키우셔서 결혼까지 다 시켰지만, 막내딸이 시집가서 1년 만에 병이 들었지요. 결국 막내딸, 그러니까 제 시누이는 시어머님 집으로 다시 들어와서 살았습니다. 시어머님은 몹시 힘들어 했어요. 그러다 시어머님까지 병이 들어서 세상을 떠났습니다. 나이 74세에 조용히 눈을 감고 말았지요. 시어머님이 떠나고 3년 후엔 시누이도 세상을 떠났고, 그리고 1년 후엔 시아버님이 80세로 눈을 감고 말았습니다.

저는 부모님께 물려받은 것이 너무 적어

서 가난한 살림이 여간해서 펴지질 않았습니다. 빚을 지고 살 수밖에 없었습니다. 제가 10년 동안 아팠으니 돈을 벌 방법이 없었고, 아이들은 아프고, 그렇다고 남편이자 애들 아빠라는 사람이 돈을 벌어온 것도 아니니까요. 그렇게 빚을 불려 가며 창고를 짓고 밭을 사고 귤나무를 심었습니다. 귤나무는 심는다고 해서 당장 열매가 열리는 게 아니라 비료와 거름을 주면 잘 키워야 7년째에 조금씩 열매를 맺습니다. 그때부터 다시 10년은 지나야 완전한 과수원이 되는 것이지요. 이 나무들이 다 온전히 자랄 때까지 참 힘들고 고생이 많았습니다. 빚은 산더미처럼 커져서 이만저만 힘든 것이 아니었지요.

온갖 시련을 이겨내도 지긋지긋한 가난

은 그림자처럼 따라다니며 저를 괴롭혔습니다. 이른 새벽부터 밤늦게까지 일을 하고도 잠을 제대로 자기 못했어요. 저는 이자가 하루에 얼마씩 올라가고 있구나 하며 걱정되어 도저히 편히 잠을 이룰 수 없었습니다. 1년 365일을 고생하며 돈을 벌어도 고스란히 이자로 다 들어가고 남은 건 없었어요. 빚을 영원히 갚을 수 없을 것 같았습니다. 밭을 잘 키워 팔면 빚 걱정을 안 해도 될 줄 알았는데 밭을 팔아도 또 빚이 남았습니다.

하지만 삶을 포기하지는 않았습니다. 그래서 이렇게 글을 씁니다.

나는 질경이야

생활에 지친 몸과 마음을 추슬렀다. 예의도 없고 모람하며 무자맥질하는 사람들. 제 살붙이도 돌보지 않는 비정한 현실.

이렇게 글을 써야 가슴속에 맺힌 응어리가 풀릴 것 같았다. 칭찬은커녕 비난받기가 일쑤였던 삶. 그렇지만 내 운명이지 누구를 원망하리오.

그대의 가장 좋은 친구는 바로 자기 자신이다. 나야말로 내가 의지할 곳이다. 나를 제쳐놓고 내가 의지할 곳은 없다. 착실한 나의 힘보다 더 나은 것은 없다. 나의 실패와 몰락을 책망할 사람은 나 자신밖에 없다. 나는 깨달았다. 내가 나 자신의 최대의 적이며 비참한 운명의 원인이었다는 것을. 그리고 나는 또 나의 희망이라는 것을 말이다.

사람은 자기 자신을 알아야 한다. 그것이 진리를 발견하는 데 도움이 되지는 않을지라도 자기 생활의 질서를 세우는 데 도움이 된다. 세상에 가장 좋은 벗은 나 자신이며 세상에서 가장 나쁜 벗도 나 자신이다. 나를 구할 수 있는 가장 큰 힘도 나 자신 속에 있다

나는 우리 집 앞에 있는 질경이를 보았다.

가만히 앉아서 상처 난 잎사귀를 어루만져 주었다. 너도 나와 비슷하구나. 가슴에 서러움이 북받쳐 올랐다. 그런데 이상하게도 생각이 떠올랐다. 사람도 훌륭하고 돈 많은 집에서 태어난 사람은 항상 기쁘고 공부도 잘 가르쳐주고 돈도 없고 가난한 집에서 태어난 사람은 공부도 못하고 고생만 하고 사람도 그와 같다.

질경이를 바라보면 바라볼수록 신기했다. 사람들에게 수없이 짓밟히면서도 꿋꿋하게 자라는 질경이. 그래 나도 너처럼 꿋꿋하게 잘 살 수 있었다. 나는 질경이야. 그래서 나는 서러움도 아픔도 다 잊고 열심히 살려고 했지만 내 마음을 알아주는 사람은 아무도 없었다. 그래도 나는 모든 것을 꾹 참고 꿋꿋하게 살아왔다.

그대의 가장 좋은친구는 바로
자기 자신이다 나야말로 내가
의지할 곳이다 나를 제쳐놓고 내가
의지할 곳은 없다 착실한 나의
힘 보다더 나은 것은 없다
나의 실패와 몰락을 책망할 사람은
나 자신밖에 없다 나는 깨달랐다
내가 나자신의 최대의 적이며
나 자신의 비참한 운명의 원인이
였다는 것을 그리고 나는바로
나의 희망이라는 것을 말이다

나는 우리집앞에 있는 질경이
를보았다 가만히 앉았서 상처
난 잎사귀를 어루만저주었다
너도 나와 비슷하구나 내가슴에
서러움이 복받쳐올랐다 그런데이상
하게도 생각이 떠올랐다 사람도
훌륭하고 돈많은 집에서
테어난 사람은 항상
기쁘고 공부도 잘 가르쳐
주고 돈도 없고 가난한집
에서 테어난 사람은 공부도
못하고 고생만 하고 사람도그와같

질경이를 바라보면 바라볼수록

신기했다 사람들에게 수없이

짓밟히면서도 꿋꿋하게 자라는

질경이 그래 나도 너처럼 꿋꿋

하게 잘 살수있었다 나는 질경이야

그래서 나는 서러움도 아픔도 다

있고 열심히 살야고 했지만

내 마음을 알아주는 사람음

아무도 없었다 그래도 나는

모든 것을 꾹 참고 꿋꿋하게

살 아 왔었요

마지막 당부

밭에 난 잡초를 뽑아서 그것으로 거름을 만들
듯 사람의 고민도 그 잡초와 같은 존재다. 뽑
지 않고 내버려두면 무성하게 자라 곡식을 해
하지만, 일찍이 서둘러 뽑아 버리면 삶의 거름
이 된다. 밭에 잡초가 나는 것을 막을 수는 없
으나, 우리는 뽑아버릴 정도의 힘은 있다.

바다보다 장대한 것은 하늘이고 하늘보다 더 장대한 것은 마음이다. 인생을 살아가며 나는 한 가지 분명한 사실을 알게 되었다. 그것은 열린 마음을 잃지 않는 것. 그것이 무엇보다 중요하다. 열린 마음은 사람에게 가장 귀중한 재산이다. 괴로워하거나 불평만 하기 전에 사소한 불평에 눈 감아버리고 똑바로 전진하자. 불평과 거짓말은 나 자신을 약하게 하는 방법이다. 구멍 난 곳을 진실로 메워나가야 한다.

인생은 온통 기쁨도, 온통 슬픔도 아니다. 커다란 기쁨은 커다란 슬픔을 동반한다. 많은 슬픔은 또 많은 기쁨으로 통한다. 흔들리지 않고 신념을 가져야 한다. 자기가 할 일을 발견하고 그 일에 신념을 가진 사람은 행복하다. 모든 사람은 자기의 운명을 자기 스스로 만들고 있다. 운명이 꼭 바깥에서 오는 것 같지만, 알고 보면 우리의 마음에서 출발한다. 어진 마음, 부지런한 습성, 남을 돕는 마음 등이야말로 좋은 운명을 여는 열쇠다.

만일 그대가 어떤 일을 이루기 어렵다 하여도 그것이 불가능하다고 생각하면 안 된다. 오히려 어떤 일이라도 해볼 수 있으며, 내가 이룰 수 있다고 생각해야 한다. 혹여 실패한다 해도 두려울 것 없다. 흙을 파서 밭을 일구듯이 실패는 우리의 마음을 파서 단단하게 다져 준다. 지나간 도전을 밑거름 삼아서 더 나은 미래를 경작할 수 있다.

청춘은 인생의 어느 기간이 아닌, 마음에 존재하는 것. 때로는 나이가 어린 사람보다 칠

십 먹은 노인에게 더 짙은 청춘이 존재할 수도 있다. 사람은 단순히 나이를 먹는다고 해서 늙는 것이 아니라, 마음과 정신이 낡을수록 진짜로 늙어버린다. 정열을 잃으면 마음에 주름이 진다. 아름다움, 희망, 용기 등을 품고 있는 한 그대는 젊다. 늘 머리를 높이 치켜들고 희망의 파도를 붙잡는 한 여든의 나이라 해도 청춘은 시작된다.

깊은 강물은 돌을 던져도 흐려지지 않는다. 늘 모욕감에 화만 내는 인간은 강도 아닌 작은 웅덩이일 뿐이다. 사소한 일에 화를 내지 말고 내 몫으로 돌아오는 것은 크기와 상관없이 감사해야 한다. 깊은 강물이 되어 기회를 놓치지 말자. 인생은 모든 것이 기회다. '나는 안 돼'라는 생각으로 처음부터 단념하여 위

대하게 성장할 기회를 놓친 사람이 적지 않다. 당신은 당신 마음속 강물의 깊이를 미리부터 낮게 책정하지 말아야 한다.

나는 때를 못 만났기 때문에 공부를 못 했다. 내가 어린 시절에는 여자아이들은 공부 할 수 없었다. 누구도 공부를 시키려고 하지 않았다. 그나마 오빠에게 한글을 약간 배워서 읽을 줄은 알았는데 쓰지는 못했다. 그러다 2002년에 노인대학에서 배웠다. 처음엔 갈까 말까 망설였지만, 가보자 싶어서 설레는 마음 으로 교실에 들어갔다. 그렇게 양은심 선생님 덕분에 영어도 배우고 여러 가지 재미있는 프 로그램을 함께했다. 나에게도 많은 친구들이 생겼다.

그러니까 나는 지금까지 살아온 결과, 살

면서 어렵고 힘들었던 일들이 늘 있었다. 그럼에도 다 이겨내고 살아남았다. 지금은 슬픔도 하소연도 없이 행복하다. 걱정되는 일이 있을 때는 어머니가 꿈속에 보인다. 그런 날엔 무슨 일이든지 잘 되어간다. 어머니, 우리 엄마는 하늘나라에서도 나를 생각해 도와주시는 것 같다.

낮이 가고 밤이 오듯, 나는 지금의 삶에 열중하고 있다.

오행순의
그림

소나무도 참 힘들겠네

이리 꾸부리고
저리 꾸부고
그러고 보니
내 인생과

닮 맛네

으름덩굴

달리아

금잔화

무스카리

수선화

고양이는 쥐를 잡아도 바로 먹지않고
오랫동안가지고놀다가 먹는다

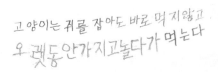

고양이는 쥐를 얼마나 잘 잡는지 몰라요
양 가축은오랫동안 우리와 한 식구처럼 살 아왔어요

옛날에는 차가 없으니까 차 대신 말을 타고 다녔지요

말은 빨리 달려요. 말을 키우면서 사람들은 먼곳에

빨리 갈수있게 되면는 바쁜 일있을때는 사람이 말을
타고 갔다와야 하니까 말은 사람에게 도움이
만 았어요

너희들은 아름다운 새로 태어나서 참 행복하다
한 쌍이 사이좋게 다니고
매력적인 깃털이며 빛깔이
아름답고 정말 부럽다

105

연 꽃

모란

군자란

글라디올러스

분재소나무
를 그렸는데
잘못 그렸어요

사 자는 동물의 왕이에요 자기보다 몸 집이
큰 동물과 싸워도 거뜬히 이기거든요 사 자는 좋겠다
무서운 것이 없어서. 나는 한 평생 삶면서
무서운 것이 많았다.

집주위에 있는 나무
늘 푸른 나무
상록수

자 란
(난초과)

히아신스

112

사람은 서울로 보내고 말은 제주도로 보내라는 속담이 있다
그만큼 제주도는 오랫동안 말목장으로 이름이 났다
지금도 조랑말을 많이 기른다

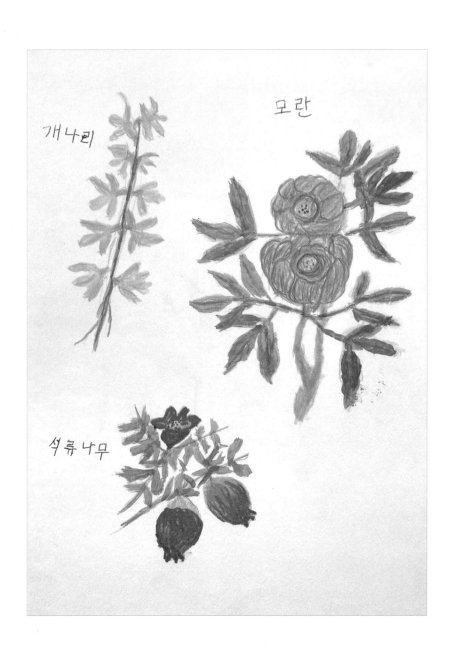

개나리

모란

석류나무

딱따구리는
나무가 우거진
숲에 살아요.
나무에 구멍을
뚫으면 긴 혀를
넣어 벌레를 잡아
먹지요

팽 나무

철쭉

116

짝을 잃어버린 참새

짝을 잃고 헤매다
지쳐서 나무위에 앉아
짝을 기다리고 있다

앵무의 종류 중에서 몸집이 작은 새를
구분 지어 잉꼬라고 해요

우리가 흔히 잉꼬라고 부르는 새는 작은몸집과
독특한 빛깔의 깃털이 매력적인녹왕색잉꼬
지요. 사랑앵무라고도 부르는 잉꼬라고 하지요

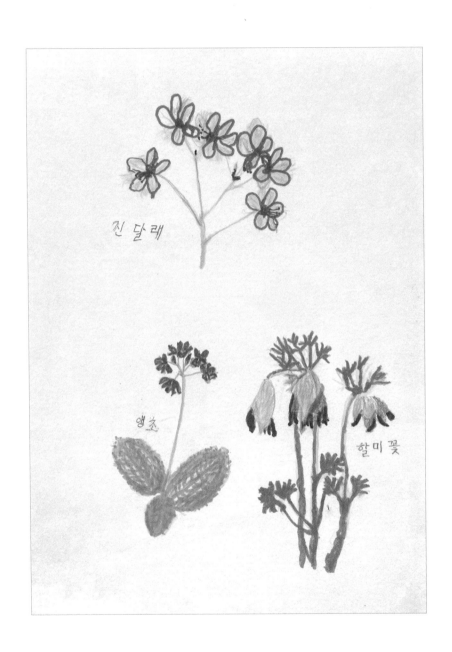

진 달 래

앵초

할미꽃

토 끼는 고구마 당근 토끼풀 민들레 양배추
좋아 하지만 방풍을 더 좋아한다

엉겅퀴

자란

숫 꿩은곱고
암 꿩은수수하지요
꿩을브르는말도
숫꿩은 장끼
암 꿩은 까투리
라고하지요

닭은 달걀과 닭고기를 먹으려고 길러요
집 마당에 놓아 기르기도 하고
양계장에서 가둬놓고 기르기도 하지요
수닭 장닭이라고도 하고 암탉
보다 몸집이 크고 색깔도 더
화려하다

암탉은
며느리발톱이 없다

수탉 며느리
발톱 있다

125

옛날에는 소가 있어야 힘든 농사 일을
도맡아 했어요 철 따라 밭을 갈고 무거운 짐을
실어 날랐어요 지금은 소는 힘든 일이 없어요

오행순의
편지

오행순 할머니께

도전하고 싶은 게 있는데 실패할까봐 무서워서 못 하겠어요. 예전에도 실패했던 적이 있거든요. 안 되면 스스로에게 실망하게 될까봐 두려워요. 할머니께서도 이랬던 적이 있었나요? 할머니의 응원을 받고 다시 힘과 용기가 생겼으면 좋겠어요. 할머니의 그림과 글이 참 좋아요. 앞으로도 계속 쓰고 그려주세요! 아참, 삼행시를 선물로 드릴게요.

오: 오늘의 / 행: 행복한 / 순: 순간

송영신 씀

영선 님께

이 할머니의 일생은 실패가 반이고 고생길이 반이라고 해도 과언이 아닙니다. 실패를 두려워하면 한 치도 성공의 길로 나갈 수 없지요. 성공은 실패를 극복한 경험이 쌓여서 이루어집니다. 인생 투자는 돈으로 계산할 수 없습니다. 고생을 극복한 숫자에 비례한다고 봅니다.

오행순 씀

영선님에게

이 할머니의 일생은 실패가
반이고 고생길이 반이라고 해도
과언이 아닙니다 실패를
두려워 하면 한 치도 성공의 길로
나갈수 없지요 성공은 실패를
극복한 경험이 쌓여서 이루어
집니다 인생투자는 돈으로 계산
할수없는 고생을 극복한 숫자에
비례 한다고 봅니다

오행순 할머니께

삼춘, 할망. 저는 제주에 6년째 살고 있는 강생이 키우는 어멍이우다. 나는 우리 두리한테 많은 사랑과 위로를 받았어요. 벌써 9살이 된 두리가 나보다 먼저 떠날 때 어떻게 그 슬픔 이겨낼지 벌써 걱정이에요. 나의 우주, 두리 너무 보고 싶겠죠?

두리어멍 씀

두리 강생이 어머님께

짐승이든 사람이든 정이 들면 한 가족이라 말할 수 있겠지요. 태어나는 건 순서가 있겠지만 이 세상을 떠나는 건 순서가 없지요. 누가 먼저 떠나든지 간에 떠날 때는 슬플 수밖에 없습니다. 그 슬픔을 어떻게 슬기롭게 극복하는가는 나중에 남는 사람의 몫이랍니다.

오행순 씀

두리 강생이 어머님께
짐승이던 사람이던 정이들면
한 가족이라 말할수 있게지
요태어 나는건 순서가 있겠지
만 이 세상을 떠나는건
순서가 없지요 누가 먼저
떠나던지 간에 떠날떼는
슬픈 일이지요 그 슬픔을
어떻게 슬기롭게 극복하는
가는 나중에 남는 사람의
몫이랍니다

오행순 할머니께

오행순 할머니! 저는 이 근처에 있는 중학교에 다니고 있어요. 근데 고민이 있습니다. 요즘 학교에서 친했던 친구와 사이가 멀어졌어요. 어떻게 하면 친구와 사이가 다시 좋아질까요?

중학교 1학년 이지원 씀

지원 학생에게

친구와 사귀면서 사이가 나빠지고 헤어지는 것은 누구에게나 있을 수 있는 일이지요. 하루라도 빨리 먼저 마음을 열고 연락을 꼭 하세요. 좋은 관계를 회복하는 것이 좋은 친구를 오래도록 유지할 수 있는 방법이 될 겁니다. 친했던 친구는 멀어져도 친구입니다.

오행순 씀

친구와 사귀면서 사이가

나빠지고 해어지는 것은 누구에게
나 있을수 있는 일이지요
하루리도 빨리 먼저 마음을

열고 열락을 빨리 꼭하세요
좋은 관계를 회복하는 것이

좋은 친구를 오래도록

유지 할수 있는 방법이

됟 겁니다

오행순 할머니께

저는 할머니 손에서 자랐습니다. 저에겐 부모님만큼이나 소중한 분이십니다. 할머니는 모든 걸 잊어가고 계십니다. 언젠가 저까지 잊으실까 무섭습니다. 사랑하는 사람을 떠나보낼 준비는 어떻게 하는 걸까요? 당신 없는 삶은 상상할 수 없는데, 저는 어떡하면 좋을까요?

이선영 씀

선영 님께

사람은 태어나서 누구든지 반드시 헤어지는 것입니다. 사람마다 헤어지는 방법과 시기가 다를 뿐이에요. 슬픈 일이지만 이제까지 살아온대로 돌아가시는 날까지 정성을 다해서 모셔드리면, 천국에서 선영 님께 지극한 도움을 주실 거예요.

오행순 씀

사람은 태어나서 누구든지
반드시 헤어지는 것입니다
사람마다 헤어지는 방법과
시기가 다를 뿐이지요

슬픈 일이지만 이제까지

살아온 대로 돌아가시는
날까지 정성을 다해서 모셔
드리면 천국에서도 선영님
께 지극한 도움을 주실거예요

사랑하는 며느리에게

며느리야, 사랑한다.

네가 아프다는 말을 들을 때마다 내 가슴이 덜컥 떨어지는 것처럼 너무나 내 마음이 쓸쓸하구나. 아무쪼록 몸 건강하기를 나는 날마다 하느님 앞에 병을 낫게 해주십시오 하고 빌고 있다.

마르지 않는 샘과 같은 사람, 꺼지지 않는 등불과 같은 사람, 씩씩하고 강건한 사람이 될 것을 나는 바란다. 내가 대신 아파줄 수 있다면 아파주고 싶구나.

사랑하는 아들에게

사랑하는 아들아, 세상에서 가장 힘들고 어려운 시대에 첫째로 태어나서 모든 고생을 다했구나. 내 마음속으로는 모든 것을 다 너에게 주고 싶었지만, 내가 할 수 있는 것이 아무것도 없구나.

처음에는 마음고생을 많이 했지만, 그래도 세상 살다 보면 먹구름 속에서도 꿈은 있듯이 파아란 하늘에 떠다니는 흰 구름처럼 맑은 세상이 오겠지.

나는 훌륭한 아들이 있으니까 너무 행복해. 아들아 사랑해.

사랑하는 손자에게

나에게는 귀중하고 사랑하는 손자이니 너는 열심히 하면 다 이룰 것이다.

조급히 생각하지 말고 마음을 푹 놓고 쉬어가며 집중하고 무조건 자기 앞길만 생각하면 된다. 그렇게 하면 너는 틀림없이 해낼 것이다.

비바람이 불어도 꽃은 피듯이 언젠가는 수철이 앞에도 해 뜰 날이 있겠지. 수철아 할머니가 기도할게. 수철아 화이팅!

추천사

이해할 수 없는 질문을
이해하기까지

한동안 스스로에게 질문했던 날들이 있었다. 내가 살고 있는 이 세상의 모든 것이, 어린 시절 학교에서 배운 것들과는 다르단 사실을 절감하던 날들. 그럼에도 꾸역꾸역 애쓰듯 살아야 했던 날들. 그러니까 이런 세상에서 나는 왜 잘 살아야 하는 걸까. 무엇 때문에 살아야 하는 걸까. 질문은 꼬리에 꼬리를 물고 몸집을 늘려가는데 도무지 답은 찾아지지 않는, 그런 혼란 속에서 이십 대를 보냈다.

삶이 고통스럽다는 사실은, 아마도 그때부터 의심 없이 받아들였던 듯하다. 고통 속에서 여느 사람과 같이 작고 소중한 기쁨을 찾으려 애쓰며, 그마저도 놓칠까 자주 두려워하기도 하며, 매일매일을 종종걸음으로 걷듯 살던 때에 만난 오행순 할머니의 책은 내게 한 가지 답을 건네시는 듯했다. '어쩌면 우리의 삶은 이 모든 질문보다 앞서 있는 것인지도 모른다'는 진실을.

6·25전쟁, 제주4·3사건과 같은 굵직한 역사 속에서 상처 깊은 시간을 견뎌온 할머니의 삶은, 멀리서 보면 그저 지난하고 고단했던 어느 한 개인의 연대기로 묘사될지도 모른다. 그러나 책으로 만나본 할머니는 사는 일이 왜 이런지 골몰하며 묻기보다 '살아 있음'이 이 모든

질문보다 앞에 있다는 걸 보여주시려는 듯 그저 매 순간을 정성스레 살아내는 분이었다.

할머니는 길 곳곳에 놓인 작은 꽃과 나무, 그리고 강아지와 고양이들을 굽어보며 고요히 제 자리를 지키는 풀잎처럼 생의 순수함과 자유로움을 종이 위에 그리고 쓰셨다. 그러니 이 책에서 만나는 할머니의 글과 그림에는 삶에 대한 대답보다는, 살아 있는 존재로서의 진솔한 면면들이 담겨 있다고 보아도 될 것이다. 그런 순간들이야말로, 충분한 삶의 이유가 되는 것처럼.

우리는 종종 피할 수 없는 삶의 고통 속에서 의미를 발견하려 애쓰며 버티기도 한다. 그러나 할머니의 삶은 그저 의무감으로 버텨낸 삶은 아니었다. 가족을 잃고 또 다른 가족을 만나는 순환 속에서 빛이 바래지 않는 생의 기쁨, 그리고 슬픔 속에서 찾은 희망이 할머니의 그림과 글 속에 촘촘히 엮여 있다. 고통이 아닌 기쁨을, 상처가 아닌 치유를, 오늘 여기에서 찾아가는 법을, 우리는 할머니의 이야기 속에서 배우게 된다.

책을 덮는 순간, 구십 년의 삶이 눈앞에 지나갔다. 앞으로 내게 남은 시간을 어떻게 보내야 할까. 나도 할머니처럼 아름답게 빛나는 순간을 마주할 수 있을까. 그리고, 조금은 더 조용히, 따뜻하게 오늘을 살아갈 힘을 얻을 수 있을까. 그럴 때마다 할머니의 삶으로부터 배운 한 가지 사실을 떠올린다. 한 사람의 삶이 질문보다 앞에 있다는 것, 그리고 그 삶 자체가 모든 대답이 될 수 있다는 것.

나는 어떻게 살아야 하는 걸까? 어떤 질문 앞에 우리는 자주 무력하고 혼란스럽지만. 언제나, 그 질문 뒤엔 사람이 있다.

어느 자그마한 사람.

그러나 너른 품을 가진 한 사람이.

김버금

(작가, 레터하우스 '이립' 대표)

작가의 말

내가 걸어온 길,
그리고 걸어갈 길

'인생의 길'이라는 것은 걸어온 길을 말하는 것일까요, 걸어가야 할 길을 말하는 것일까요? 한평생 제가 걸어온 길은 어두운 시대였습니다. 힘들고 어렵고 거친 시기가 겹쳐진 세월이었지만, 그럼에도 역경을 딛고 보람을 느끼며 희망을 쌓기도 했습니다. 그때에 비하면 이제 좀 살만해졌지만, 세월이 너무 지나서 몸이 마음대로 움직여지지 않습니다. 그러나 마음과 정신은 맑고 행복합니다.

세상 살기가 힘들지만, 희망 역시 존재합니다. 어둠의 터널을 지나고 나면 더 밝은 하늘이 보이듯, 이제 나는 남은 인생을 즐겁고 행복하게 여기면서 살고 있습니다. 그중 내 삶의 제일 중심이 되어준 것은 가족일 것입니다. 착실하게 성장하며 이루고자 했던 일들을 이뤄냈다는 소식을 들을 때마다 내 삶의 고생이 다 녹아내리는 듯 무척 행복했습니다.

어떨 때는 아들이 박사학위를 받거나 직장에서 승진하면 마을회관에 축하 현수막이 걸리고 마을 사람들이 함께 축하해줬습니다. 인정이 따뜻한 시골 마을 사람들의 풍습입니다. 저뿐만 아니라 다들 고생하며 살아왔으니 서로의 마음을 아는 것이지요.

거친 밭을 일구며 살고 있었더니, 어느

새 나를 모진 삶 속에 던졌던 주변 사람들 하나둘 모두 세상을 떠났습니다. 남편마저 오래전에 떠났고, 내 삶을 꿋꿋하게 지탱해 준 자식들은 모두 자기만의 삶을 남부럽지 않게 잘 살고 있습니다. 손자들도 저마다 자랑스럽게 살아가는 중이고요.

이제 남은 인생 행복한 꽃길만 걸어보렵니다. 여생의 삶은 신께서 좀 더 누리고 오라고, 덤으로 남겨준 삶이라 생각하려고요. 길게 걸어온 길은 어두웠어도, 앞으로 짧게 걸어갈 길은 황금빛 가득한 꽃길일 테니 나는 행복합니다.

여러분도 꼭 행복하시길 바라겠습니다.

파란 지붕 할망

초판 1쇄	2024년 12월 9일
지은이	오행순
그림	오행순
공동기획	레터하우스 이립
편집·디자인	희석
펴낸곳	발코니
전자우편	heehee@balconybook.com
인스타그램	@balcony_book
제작처	DSP(www.dsphome.com)
ISBN	979-11-92159-16-4